Pennod 1

Roedd y lori'n gyrru'n gyflym tuag at y bws mini. Doedd John Roberts ddim yn gallu credu ei lygaid – roedd clown yn gyrru'r lori!

Eiliadau cyn hyn, roedd John Roberts wedi arafu'r bws mini achos roedd goleuadau traffig ar ganol y ffordd ac roedd y golau'n goch.
"Od," meddai James Bryant. Roedd o'n eistedd wrth ochr John. "Does neb yn gweithio ar y ffordd ... a does dim twll yn y ffordd. Pam mae goleuadau traffig yma? Doedden nhw ddim yma pan yrrais i ar y ffordd yma y bore yma."
Arafodd John y bws mini'n galed gyda'r brêc. Meddyliodd o am y carcharorion yn y cefn yn taro eu pennau yn erbyn ochr fetel y bws a gwenodd. Doedd ganddo fo ddim amynedd gyda'r carcharorion yn y cefn. Roedden nhw ar y ffordd i'r llys ac roedd o a James Bryant yn eu gyrru nhw yno.

Ond rŵan, roedd y lori'n gyrru'n gyflym tuag at y bws mini. Roedd hi'n dod allan o gae ar yr ochr dde yn syth tuag at y bws mini.
Gwelodd John Roberts y mwg du yn dod o'r beipen *exhaust*. Gwelodd o ddau ddyn yn gwisgo masgiau clown yn eistedd yn y tu blaen a chododd o ei fraich dros ei wyneb. Tarodd y lori ochr y bws mini a'i daflu o ar ei ochr i ganol y ffordd.
Neidiodd y ddau ddyn mewn masgiau clown allan o'r lori ac yna daeth car *Audi* du allan o'r cae. Roedd dau ddyn yn y car yma ac roedden nhw'n gwisgo masgiau clown hefyd.
Roedd y bws mini'n gorwedd ar ei ochr ac roedd John Roberts yn hanner gorwedd yn ei sedd. Roedd o'n gallu clywed James yn griddfan ac roedd gwaed ar hyd ei wyneb. Roedd y ffenest wedi cracio ond roedd John Roberts yn gallu gweld drwyddi hi – a dyna pryd gwelodd o fod y dynion yn y masgiau clown yn cario gynnau.
Penderfynodd o aros yn ei sedd a chaeodd o ei lygaid.
Yng nghefn y bws mini, roedd un dyn yn disgwyl i hyn ddigwydd. Roedd Bob Evans wedi syrthio ar do'r bws mini ar ôl i'r lori yrru i mewn iddyn nhw. Roedd y pum carcharor arall yn gorwedd ar ochr ac

ar do'r fan ac roedden nhw'n griddfan.

Yn sydyn, agorodd y drysau cefn. Rhoiodd Bob Evans ei ddwylo dros ei lygaid wrth i olau'r haul lifo i mewn i'r bws mini. Yna, teimlodd o ddwylo cryf yn ei godi fo ar ei draed.

Cerddodd o allan o'r bws mini gyda dyn mewn masg clown wrth ei ochr o. Roedd o'n gallu gweld tri dyn arall yn cario gynnau yn sefyll mewn hanner cylch o'u cwmpas nhw. Roedd o'n gwybod yn iawn pwy oedden nhw. Dyma'i griw o.

Dechreuodd un ohonyn nhw godi ei fasg i siarad â fo ond ysgydwodd Bob ei ben. Pwyntiodd o at ei watsh.

"Peidiwch a phoeni am yr heddlu," meddai. Mae digon o amser. Hen ddigon o amser i ddial cyn dianc. Dw i ddim yn mynd i adael i fachgen ysgol gael y gorau arna i."

Yna, cymerodd o un o'r gynnau o ddwylo un o'r dynion, a'i agor o. Gwenodd o ar ôl gweld bod y gwn yn llawn bwledi.

Caeodd o'r gwn a cherdded tuag at y car yn hanner gwenu.

$$* * *$$

Roedd heddiw fel pob dydd arall i'r disgyblion ar y bws ysgol. Ond roedd o'n ddiwrnod arbennig i Jac Huws. Heddiw, roedd o'n cael ei ben-blwydd yn un ar bymtheg oed, ac roedd o'n gwybod basai llawer o gardiau ac anrhegion iddo fo heno.

Ond roedd heddiw yn ddiwrnod arbennig am reswm arall hefyd. Heddiw, roedd o'n disgwyl clywed newyddion pwysig – newyddion am achos yn y llys!

Flwyddyn yn ôl, roedd lladron arfog wedi torri i mewn i'w gartref a herwgipio ei fam, ei frawd, ei chwaer a'i ffrind gorau. Roedd o, Jac, wedi achub y teulu a'i ffrind. Roedd yr heddlu wedi dal y lladron ac roedden nhw wedi mynd i'r llys. Cawson nhw wyth mlynedd o garchar.

Ond roedd arweinydd y gang, Bob Evans, yn apelio yn erbyn y gosb, ac felly, roedd rhaid i Jac Huws a'i deulu fynd drwy'r hunllef yn y llys eto.

Cofiodd Jac yr arweinydd, neu'r *Capten*, yn edrych arno fo'n oeraidd yn y llys. Unwaith, tynnodd o ei fys ar draws ei wddw'n fygythiol. Y noson yna, dechreuodd Jac gael hunllefau ofnadwy.

Rŵan, roedd yr achos bron â dod i ben. Basai clywed bod y llys wedi gwrthod yr apêl yn anrheg pen-blwydd wych i Jac.

Yn ei glust, roedd gwifren radio o'i ffôn symudol, ac roedd o'n gwrando ar raglen newyddion ar y radio, yn gobeithio cael newyddion o'r llys. A dyna pryd clywodd o newyddion ofnadwy,

'Mae dynion arfog wedi ymosod ar fws mini ger Wrecsam. Roedd y bws mini'n cario carcharorion i'r llys. Mae nifer o'r carcharorion wedi dianc.

Mae'r lleidr arfog, Bob Evans, yn un o'r carcharorion sy wedi dianc. Mae o'n ddyn peryglus. Mae'r heddlu'n dweud ddylai neb geisio atal y carcharorion yma.

Os oes gan unrhyw un wybodaeth, ffoniwch 999 ...'

Chlywodd Jac ddim mwy o'r bwletin. Roedd ei galon o'n curo'n wyllt. Wedi dianc? Ond sut? Oedd Bob Evans yn mynd i geisio dianc o'r wlad?

Eisteddodd Jac i fyny yn ei sedd. Roedd ofn arno fo. Doedd o ddim wedi teimlo cymaint o ofn ers iddo fo weld Bob Evans yn pwyntio gwn at ben ei fam flwyddyn yn ôl. Beth os oedd o eisiau dial?

Drwy'r ffenest roedd o'n gallu gweld bod y bws wedi cyrraedd y dref. Cododd o ar ei draed, gwasgodd o'r gloch a rhedodd o i lawr y grisiau. Edrychodd ei ffrindiau arno fo'n syn. "Deintydd," gwaeddodd o dros ei ysgwydd cyn i neb gael cyfle i ofyn dim. Roedd rhaid iddo fo rybuddio ei deulu. Roedd o'n siŵr fod y lleidr yn mynd i geisio dial arno fo ac roedd rhaid iddo fo frysio!

Neidiodd Jac allan o'r bws. Roedd hi'n bwrw glaw'n drwm. Cododd o hwd ei got a thynnodd o ei ffôn symudol o'i boced. Deialodd o rif y tŷ, ond doedd dim ateb. Deialodd o rif ffôn symudol ei fam, a chlywodd o'r tôn 'dim signal'. Ceisiodd o ffonio ei frawd a'i chwaer hefyd – ond heb lwc! Ffoniodd o rif ei dad yn y gwaith, ond ei ysgrifenyddes atebodd.

"O helô, Jac, sut dach chi ..."

Torrodd Jac ar ei thraws. "Does dim amser i egluro ond rhaid i mi siarad â fy nhad – ar unwaith. Dach chi'n gwybod ble mae o?"

Roedd Miss Gwyneth Jones, ysgrifenyddes ei dad, yn casáu pobl ifanc heb barch oedd yn ymddwyn fel hyn. Pwy oedd o i dorri ar ei thraws hi fel hyn? Penderfynodd hi ddysgu gwers iddo fo.

"Mae'n ddrwg gen i," meddai hi. "Ond mae'ch tad chi mewn cyfarfod pwysig iawn ac alla i ddim torri ar ei draws o. Rydyn ni, yn y banc yma, yn parchu pobl eraill, ac rydyn ni wedi dysgu i beidio â thorri ar draws pobl eraill. Felly, alla i mo'ch helpu chi mae'n ddrwg gen i. A beth bynnag, dylech chi fod yn yr ysgol, dw i'n meddwl! Dydd da i chi," meddai, gan godi ei thrwyn a rhoi'r ffôn i lawr yn galed.

Edrychodd Jac ar ei watsh. Roedd hi'n bum munud wedi naw. Basai ei ffrindiau o yn yr ysgol erbyn hyn. Ond roedd o'n siŵr fod Bob Evans a'r criw yn mynd i'w gartref i ddial arno fo.

Yn ei feddwl, roedd o'n gallu gweld y lleidr yn tynnu ei fys ar draws ei wddw.

Yna, cofiodd o fod y teulu wedi symud tŷ ers y llynedd ac ymlaciodd o ychydig. Ar ôl i'r lladron arfog dorri i mewn i'w cartref flwyddyn yn ôl, roedd ei fam, a'i chwaer fach wedi dechrau cael hunllefau. Doedden nhw ddim yn teimlo'n ddiogel yn eu cartref. Felly, penderfynodd eu rhieni symud. O fewn tri mis, roedden nhw'n byw mewn tŷ eitha tebyg yr ochr arall i'r dref. Roedd y tŷ yma'n agosach i'r dref ac roedd deg acer o dir o'i gwmpas o.

Teimlodd Jac ychydig yn well. Doedd Bob Evans ddim yn gwybod ble roedd y teulu'n byw, felly dylen nhw fod yn ddiogel.

Ond yna, cofiodd Jac pa mor ofalus roedd y lladron wedi paratoi ar gyfer y lladrad – a'r bore yma, roedden nhw wedi dianc o fws mini ar eu ffordd i'r llys! Yn sydyn, roedd o'n gwybod – basai'r gang yma'n gallu ffeindio'i gartref newydd heb unrhyw broblem.

Penderfynodd o ffonio'r heddlu. Deialodd o rif swyddfa'r heddlu. Atebodd plismon.

"Ga i siarad â Ditectif Wilson neu Ditectif Watkins os gwelwch yn dda?" gofynnodd o i'r plismon.

"Mae'n ddrwg gen i, ond dydy Ditectif Wilson na Ditectif Watkins ddim yma," atebodd y plismon, yn darllen tudalen chwaraeon y papur newydd.

"Rhaid i mi siarad â nhw," eglurodd Jac. "Pryd byddan nhw yn ôl?"

"Maen nhw ar gwrs technoleg gwybodaeth yng Nghaer drwy'r dydd," atebodd y plismon, yn troi i dudalen arall. "Ga i'ch helpu chi?"

Eglurodd Jac beth oedd wedi digwydd. Rowliodd y plismon ei lygaid. Pam ar y ddaear fasai lleidr peryglus yn gwastraffu ei amser yn mynd ar ôl bachgen ysgol, meddyliodd o. Pwy oedd y bachgen ysgol yma'n meddwl oedd o?

"Gwranda, Jac. Dw i'n deall dy fod ti'n poeni, ond does dim angen i ti! Roedd y bws mini'n teithio saith deg milltir i ffwrdd. Bydd yr heddlu lleol yn siŵr o ddal y carcharorion cyn bo hir. Ond hyd yn oed wedyn, dw i ddim yn meddwl bydd Bob Evans eisiau dod i chwilio am ryw fachgen ysgol fel ti. Bydd ganddo fo bethau pwysicach i'w gwneud – fel dianc o'r wlad!" Doedd Jac ddim yn gallu credu ei glustiau. Doedd y plismon ddim yn poeni o gwbl!

Clywodd Jac y plismon yn rhoi'r ffôn i lawr. Roedd o ar ei ben ei hun.

Doedd yr heddlu ddim yn gwrando arno fo.

Doedd o ddim yn gallu cael gafael ar ei dad – na'i fam – na'i frawd a'i chwaer.

Yna, teimlodd o'n sâl pan gofiodd o beth roedd ei fam o wedi dweud y bore yna.

"Cofia, rydw i'n mynd â dy frawd a dy chwaer at y deintydd am un ar ddeg o'r gloch, ond dw i'n mynd i'w cadw nhw gartref o'r ysgol y bore yma achos bod yr arholiadau wedi gorffen. Dw i'n gobeithio bydd y peiriannydd ffôn yn dod yma cyn un ar ddeg o'r gloch hefyd achos dydy'r ffôn ddim yn gweithio."

Dyna pam doedd o ddim yn gallu ffonio'i fam felly! Ond roedd ei deulu o gartref. Dyma'r lle mwyaf peryglus os oedd Bob Evans a'r gang yn mynd i ddial.

Roedd rhaid iddo fo fynd adref.

Ond sut oedd o'n mynd i gael y gorau ar y dynion yma eto?

Rhedodd o ar draws y ffordd a dal bws oedd yn mynd o'r dref i gyfeiriad ei gartref.

Gweddïodd o ei fod o ddim yn rhy hwyr.

Pennod 2

Achos bod yr heddlu'n chwilio amdanyn nhw ar y priffyrdd, gyrrodd gang Bob Evans eu car *Audi* ar hyd y ffyrdd bach. Roedden nhw'n defnyddio peiriant *SatNav* y car achos doedd dim llawer o arwyddion.

"Pa mor bell ydy o?" gofynnodd Bob. "Alla i ddim aros i gael fy nwylo ar y bachgen yna! Roedd o'n meddwl ei fod o mor glyfar yn y llys, ond fi fydd yn gwenu y p'nawn ma. Bydd hi'n bleser gweld ei wyneb o pan fydd o'n sylweddoli fod ei deulu o wedi cael ei gipio."

Troiodd o at un o'r dynion eraill. "John, wyt ti'n siŵr dy fod ti'n gwybod ble mae cartref y teulu?" gofynnodd o.

"Ydw," atebodd y dyn arall ar unwaith. "Mi symudon nhw rai milltiroedd o'r hen dŷ ond mae'r lleoliad yn debyg. Mae o yn y wlad a does neb yn byw o fewn milltir neu ddwy. Dw i ddim wedi bod at y tŷ ei hun, wrth gwrs, ond mae'r tro oddi ar y ffordd fawr yn glir ac mae'n debyg bod arwydd wedyn yn dangos y ffordd i'r tŷ." Gwenodd Bob ac eisteddodd o yn ôl yn ei sedd.

"Ym ... bos," meddai'r gyrrwr yn ofnus. Roedd o'n gwybod am dymer Bob, ond roedd o'n ofni cael ei arestio hefyd! "Oes rhaid i ni fynd ar ôl y bachgen a'i deulu heddiw? Beth am ddianc o'r wlad heddiw – neu guddio yn rhywle – ac yna dod yn ôl rywbryd yn y dyfodol pan fydd pethau wedi tawelu a gwneud y job bryd hynny?" Gwelodd o wyneb Bob yn y drych ac roedd o'n gwybod beth oedd yr ateb.

"Dan ni'n mynd yno heddiw, achos dw i'n dweud. Iawn? Ond os wyt ti eisiau gwybod pam, wel dw i ddim yn bwriadu dod yn ôl i'r wlad yma eto. Mae digon o arian yn y banc yn y Swistir, a dw i'n mynd i ddiflannu am rai blynyddoedd. Felly, dw i eisiau dial ar y bachgen yma cyn mynd."

"Rŵan. Os nad oes unrhyw gwestiynau eraill, beth am fynd ymlaen i orffen y job?" meddai o. Roedden nhw o fewn deg milltir i gartref Jac Huws.

* * *

Roedd Jac newydd adael y bws ac roedd hi'n dal i arllwys y glaw. Roedd o'n gallu clywed ambell daran ac roedd hi'n gynnes.

Dechreuodd o redeg, ond cofiodd o fod milltir cyn cyrraedd ei gartref, ac felly arafodd o ychydig. Cyrhaeddodd o fforch yn y ffordd. Roedd y ffordd ar y dde yn mynd at eu cartref nhw ac roedd arwydd newydd sbon, gyda'r enw "Afallon" yn pwyntio i gyfeiriad y tŷ. Roedd y ffordd ar y chwith yn mynd at hen ffermdy oedd wedi bod yn wag ers blynyddoedd.

Edrychodd Jac ar ei watsh a dechreuodd o gerdded yn gyflym ar hyd y llwybr i'r dde. Roedd hi'n chwarter i ddeg a gallai'r lladron fod yma unrhyw funud. Yna, stopiodd. "Wrth gwrs," gwaeddodd, "os ydw i'n troi'r arwydd yna byddan nhw'n mynd i'r chwith – y ffordd anghywir!" Troiodd o a dechreuodd o gerdded yn ôl at yr arwydd. O fewn munud roedd o wedi cyrraedd yr arwydd. Ceisiodd o droi'r arwydd – ond heb lwc!

Syrthiodd o ar ei bengliniau a chododd o garreg. Dechreuodd o dyllu ychydig o gwmpas yr arwydd.

Yna, gollyngodd o'r garreg. Ceisiodd o droi'r arwydd eto. Y tro yma, symudodd yr arwydd nes ei fod o'n pwyntio at y llwybr i'r chwith.

Roedd Jac wedi blino'n lân ond roedd o'n gallu clywed sŵn car. Roedd y car yn arafu ... roedd o'n nesáu. Roedd rhywun wedi troi oddi ar y briffordd ac roedd o'n dod ar hyd y ffordd tuag ato fo.

Cododd Jac ar ei draed. Cododd o'r garreg a'i thaflu hi dros y wal i'r cae. Defnyddiodd o ei droed i wasgu'r pridd i guddio'r tyllu o gwmpas yr arwydd. Dringodd o dros y wal a gorwedd yr ochr arall yn y glaswellt gwlyb. Roedd ei galon o'n curo'n galed. Roedd ofn arno fo.

Symudodd o ei ben ychydig i edrych rhwng y cerrig yn y wal a gwelodd o gar du yn gyrru'n araf yn syth tuag ato fo. Arafodd y car ger yr arwydd ac yna stopiodd o. Oedden nhw'n gallu ei weld o, meddyliodd Jac. Oedd y gyrrwr yn gallu gweld fod yr arwydd wedi ei droi y ffordd anghywir? Stwffiodd o ei wyneb i'r glaswellt oer gwlyb. Ar ôl rhai eiliadau, troiodd y car i'r chwith. Wrth iddo fo fynd heibio, roedd Jac yn gallu gweld y gyrrwr yn eistedd gyda'i drwyn bron yn y ffenest. Roedd y ffenestri wedi stemio. Rhaid fod y car yn llawn, meddyliodd Jac.

Yna, gwelodd o law un o'r teithwyr yn y sedd gefn yn rhwbio'r ffenest, a phwysodd wyneb gwyn yn erbyn y ffenest am eiliad. Ond roedd yn ddigon o amser i Jac adnabod yr wyneb.

A dyna'r wyneb roedd o'n ei weld yn ei hunllefau. Bob Evans.

Diflannodd y car ar hyd y ffordd a diolchodd Jac ei fod o wedi symud yr arwydd. Rŵan, roedd ganddo fo ychydig o amser. Ond dim llawer. Deg munud, chwarter awr efallai, ond dim mwy na hynny.

Tynnodd o ei ffôn o'i boced ond roedd o'n gwybod bod dim signal yma. Beth oedd o'n mynd i wneud? Rhedeg i'r tŷ a rhybuddio ei fam a'i frawd a'i chwaer? Ond erbyn iddo fo gyrraedd y tŷ basai Bob a'i gang yno hefyd! A dim ond un ffordd oedd yn mynd o'u cartref. Basai'r lladron yn gallu torri i mewn drwy'r ffenestri – a basen nhw'n siŵr o fod yn arfog. Na, roedd rhaid iddo fo gadw'r lladron o'r tŷ.

Eisteddodd o i fyny. Clywodd o sŵn tu ôl iddo fo ac roedd o bron â sgrechian. Troiodd o'n araf, yn disgwyl gweld lleidr arfog. Ond buwch oedd yno yn bwyta'r glaswellt. Gwenodd Jac ac ymlaciodd ychydig. Yna, gwelodd o'r giât ac roedd o'n gwybod beth i wneud.

Rhedodd o at y giât a'i hagor. Yna, aeth o at y cafn metel ble roedd y ffermwr yn rhoi gwair sych bob bore. Llusgodd o'r cafn yn araf at y giât a gweiddi ar y gwartheg yr un pryd.

Edrychodd y gwartheg i gyd arno fo a dechreuon nhw gerdded yn araf tuag ato fo.

Gadawodd Jac y cafn yng nghanol y ffordd ac agorodd o'r giât ar yr ochr arall i'r ffordd ble roedd defaid. Rhedodd o i mewn i'r cae a'u gyrru nhw tuag at y giât agored. Rhedodd y defaid drwy'r giât.

Rŵan roedd y defaid a'r gwartheg ar y ffordd. Caeodd Jac y ddwy giât i gadw'r anifeiliaid yno. Basai'r criw yn y car yn cael sioc ar y ffordd yn ôl.

Ond roedd rhaid cael help. Roedd y dref yn rhy bell i redeg iddi hi, a doedd o ddim yn gwybod pryd basai car yn dod ar hyd y ffordd fawr. Doedd y ffôn ddim yn gweithio. Beth oedd o'n mynd i wneud?

Yna, cofiodd ei bod hi'n bosib cael signal ar ben y bryn bychan gerllaw.

Dechreuodd o redeg at y bryn. Roedd hi'n arllwys y glaw ac roedd y ddaear yn wlyb. Roedd ei draed yn llithro ond rhedodd o ymlaen.

Yna, roedd o'n eistedd ar ben y bryn. Roedd o'n gallu gweld car y lladron yng nghanol y defaid a'r gwartheg.

Tynnodd o'r ffôn o'i boced a daliodd o'n uchel. Gwelodd o un bar bychan glas o signal. Deialodd o rif yr heddlu eto. Atebodd yr un plismon. Dechreuodd Jac ar unwaith.

"Jac Huws sy yma eto. Gwrandewch yn ofalus. Mae'r lladron arfog a ddihangodd o fws mini'r carchar y bore yma ar y ffordd ger fy nghartref i. Mae'r cyfeiriad ar eich system chi. Dewiswch chi os dach chi'n mynd i wneud rhywbeth neu beidio, ond ar ôl eich ffonio chi, dw i'n mynd i ffonio'r orsaf deledu a dach chi'n gwybod yn iawn fod ganddyn nhw hofrennydd yn yr ardal. Sut fasai hi'n edrych pe basen nhw'n darlledu lluniau o'r lladron yn eu car a'r heddlu'n eistedd ar eu pen olau yn y swyddfa?"

Yna, gorweddodd Jac ar ei gefn wedi blino'n lân.

$$***$$

"Dewch ymlaen ... dewch ymlaen! Beth dach chi'n meddwl dach chi'n wneud?" gwaeddodd Bob Evans.

Roedd o'n sefyll wrth y car ac roedd ei gang yn ceisio gyrru cannoedd o ddefaid a gwartheg i lawr y ffordd at yr hen ffermdy gwag. O'r diwedd, roedd y ffordd bron yn wag.

Clywodd o sŵn rhyfedd, ond roedd hi'n anodd adnabod y sŵn yma achos sŵn y taranau a'r defaid a'r gwartheg.

Yna, gwelodd o'r bachgen yn sefyll ar y bryn.

Agorodd o ddrws y car a chymryd binocwlars oddi ar y sedd. Mewn eiliadau roedd o'n edrych ar wyneb Jac Huws.

"Dyna fo! Ar ei ôl o rŵan," meddai. Troiodd o ei ben, achos bod y sŵn rhyfedd wedi nesáu'n gyflym iawn. A dyna pryd gwelodd o hofrennydd yr heddlu yn rhuo tuag atyn nhw, cyn hofran uwchben.

Doedd dim byd ond caeau o gwmpas. Basai'n amhosib dianc. Ac rŵan, roedd o'n gallu clywed sŵn seirens ceir yr heddlu yn nesáu hefyd. Syrthiodd o ar ei bengliniau a rhoi ei ben yn ei ddwylo.

Ar ben y bryn, roedd Jac yn gwenu fel giât. Dyma'r anrheg pen-blwydd orau posib!

Dial

Llion Iwan

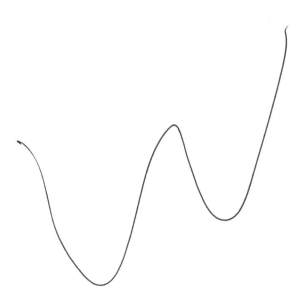

I gyd-fynd â Taith Iaith 5

Cyhoeddwyd gan
Y Ganolfan Astudiaethau Addysg,
Aberystwyth, gyda chymorth ariannol
Cynulliad Cenedlaethol Cymru.

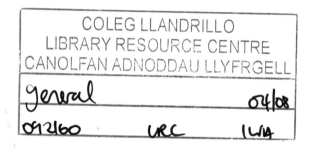

ISBN: 978 1 84521 193 6
ISBN: 978 1 84521 198 1 (set)

Cydlynwyd y gyfres gan Non ap Emlyn ac Eirian Jones
Dyluniwyd gan Ceri Jones

Llun y clawr: Moira Hay

Diolch i Luned Ainsley, Angharad Evans, Ann Lewis,
Aled Loader a Dafydd Roberts am eu harweiniad gwerthfawr.

Argraffwyr: Gwasg Gomer